# LEABHAIR EILE S...

Deirdre agus an Fear Bréige
Sraith 1

Sinéad Damhs...
Sraith 2

Sraith 3

Sraith 4

Sailí na Spotaí
5

Fiacla Mhamó
6

Bróga Thomáis
Sraith 7

Sceach Dána
Sraith 8

Drochlá Gruaige
Sraith 9

An t-Uan Beag Dubh
Sraith

Lámhainní Glasa
Sraith 11

An Buachaill Bó

An Rún Mór
Sraith 14

# Mo Mhadra Beoga

• PATRICK DEELEY •

Léaráidí le Martin Fagan

Leagan Gaeilge: Daire Mac Pháidín

THE O'BRIEN PRESS
Baile Átha Cliath

An chéad chló 2005 ag The O'Brien Press Ltd,
12 Bóthar Thír an Iúir Thoir, Ráth Garbh, Baile Átha Cliath 6, Éire.
Tel. +353 1 4923333  Fax. +353 1 4922777
Ríomhphost: books@obrien.ie; Suíomh gréasáin: www.obrien.ie
Athchló 2007.

ISBN: 978-0-86278-942-8

British Library Cataloguing-in-publication Data
Deeley, Patrick, 1953-
Mo mhadra beoga
1.Dogs - Juvenile fiction 2.Dogs - Training - Juvenile fiction
3.Children's stories
I.Title II.Fagan, Martin
891.6'2343[J]

2  3  4  5  6  7  8  9  10
07  08  09  10  11  12

Faigheann The O'Brien Press cabhair ón gChomhairle Ealaíon

Eagarthóir: Daire Mac Pháidín
Dearadh leabhair: The O'Brien Press Ltd.
Clódóireacht: Cox & Wyman Ltd

*Do Genevieve*

'Tá mé sé bliana.

Tá mé sé bliana d'aois inniu!'

a bhéic Jenny,

ag léim suas agus anuas

ar a leaba.

Bhí a cuid bréagán ag léim
agus ag rince léi.

Thaitin na madraí go mór léi.
Bhí madra ann do gach
breithlá a bhí aici.

D'iompaigh madra amháin
tóin thar ceann.

Agus d'eitil madra eile
lena chluasa móra.

Léim madra beag eile
amach as a chiseán.

Thit an madra caorach
anuas ar a thóin.

Thit an trucail
leis an madra plaisteach
amach ar an urlár.

Ansin ghluais sí ar aghaidh
go ciúin.

'Tá cúig mhadra agam,'
arsa Jenny, 'madra amháin
do gach breithlá a bhí agam.
Cén sórt madra a gheobhaidh
mé an uair seo, meas tú?'

Rith sí síos an staighre
agus isteach sa chistin léi.
Bhí a cuid bronntanas ar fad
ar an tábla di.

Fuair sí cártaí ...

agus leabhair ...

agus bábóg ...

agus coiléar madra leathair.

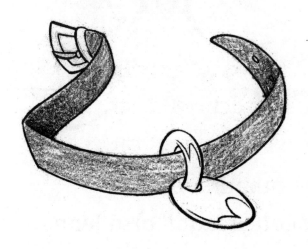

'Cad é seo?' a d'iarr Jenny
ar Mhamaí.
'Féach!' arsa Mamaí.
Nuair a chas Jenny thart
chonaic sí madra álainn
ag féachaint suas uirthi.

'Mo mhadra féin –
faoi dheireadh!' arsa Jenny.

'Seo é an breithlá is fearr
a bhí agam riamh.'

Léim an madra suas ar Jenny
agus bhuail sé ar a srón í.

Bhí sceitimíní ar an madra.
Chroith sé a eireaball
siar agus aniar
ag bualadh cosa Jenny.

Rith sé timpeall agus timpeall
i gciorcail.

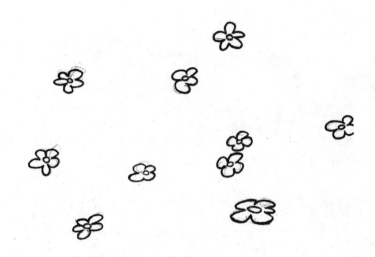

Léim agus phreab sé
i measc na mbláthanna.

Thosaigh sé ag tafann
nuair a chonaic sé cat
ar an sconsa.

Rith sé sa tóir ar éan
a bhí sa ghairdín.

Léim sé.

Phreab sé.

Chas sé.

Ní raibh an madra seo
ábalta fanacht socair.

'**Beoga** a bheas
mar ainm ort!' arsa Jenny.
Chaith sí bata síos
go bun an ghairdín.
'Rith, Beoga, agus faigh
an bata dom,' a bhéic sí leis.

Rith Beoga síos an gairdín
ar cosa in airde
chun an bata a fháil.

Luigh sé ar an talamh
leis an mbata ina bhéal aige.
Chaith sé san aer é
agus rug sé arís air.
Ansin d'fhéach sé ar Jenny.

'Tabhair dom an bata anois,'
arsa Jenny leis.

Ach ní raibh Beoga sásta
an bata a thabhairt di.
Rith Jenny sa tóir air
timpeall an ghairdín
agus síos an cosán.

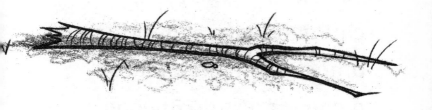

Ansin, faoi dheireadh
scaoil sé leis an mbata.

Tar éis an bhricfeasta
chuaigh Jenny agus Mamaí
amach chun cró madra
a cheannach do Bheoga.
Bhí sé déanta as adhmad.
Chuir siad sa ghairdín cúil é.

'Anois,' a dúirt Jenny le Beoga,
'seo é do theachín beag féin.'

Ach ní raibh spéis ar bith
ag Beoga sa teachín.
Lean sé den súgradh.

'Tóg amach ag siúl é,'
arsa Mamaí le Jenny,
'agus beidh tuirse air
ag teacht abhaile.'
Thug Mamaí iall agus coiléar
do Jenny.

Cheangail Jenny an coiléar
timpeall ar a mhuineál.

Ach ní raibh spéis ar bith
ag Beoga dul ag siúl.
Rith agus phreab agus
tharraing sé Jenny
an bealach ar fad.
Rith Jenny ina dhiaidh.

Lean Jenny Beoga
timpeall na páirce.

Chonaic Beoga cúpla lacha
sa loch.
Léim sé díreach isteach sa loch.
Ba bheag nár tharraing sé
Jenny isteach leis freisin.

Tharraing Jenny Beoga amach.

Bhí sé fliuch báite.

Chroith sé uisce ar fud na háite.

Bhí Jenny báite ansin freisin.

Rith siad tríd an gcoill bheag
in aice na páirce.
Chonaic Beoga iora rua
agus rith sé sa tóir air
ag tarraingt Jenny leis.
Ach rith an t-iora rua
suas crann go tapa.

'Sílim go bhfuil sé in am
dul abhaile,' arsa Jenny léi féin.

'Tá mé tuirseach traochta.'

An oíche sin
rinne Jenny cinnte de
go raibh an cró madra
compordach agus teolaí.
Bhí sé in am dul a chodladh.

Ach ní raibh spéis ar bith
ag Beoga dul isteach sa chró.
Thosaigh sé ag geonaíl
agus ligh sé aghaidh Jenny.
'An féidir leis codladh liomsa?'
a d'iarr Jenny ar Mhamaí.
'Ní féidir,' arsa Mamaí.
'Caithfidh sé dul isteach
ina chró féin.'

'Ach bíonn sé an-dorcha
sa ghairdín,' arsa Jenny.
'Ná bí buartha,' arsa Mamaí.
'Fágfaidh mé solas
na cistine lasta.
Beidh sé ceart go leor.'
'Ach beidh eagla air leis féin,'
arsa Jenny.

'Tabhair dó an tseanbhábóg
éadaigh,' arsa Mamaí.

Faoi dheireadh, chuaigh Beoga
isteach ina chró féin
agus thit sé ina chodladh.

Chuaigh Jenny amach ag siúl
leis an trucail bheag go minic.
Rith Beoga in aice léi
ag léim agus ag preabadh.

Nuair a chuala Beoga
na focail '**bia**' nó '**siúlóid**'
bhioraigh sé a chluasa
agus thosaigh sé ag tafann.

Ach chogain sé
cluasa madra amháin.

Agus chuir sé
an chnámh
bhréagach
i bpoll sa ghairdín.

'Madra dána,' arsa Jenny leis.
Ach nuair a thosaigh sé
ag geonaíl, mhaith sí dó é.

D'imir Jenny agus Beoga
go leor cluichí sa ghairdín
i rith an tsamhraidh.
Chuaigh Beoga i bhfolach
faoin sceach go minic.

Thit Jenny isteach ina leaba
agus í tuirseach traochta
gach oíche.

Lá amháin thit Jenny
agus ghortaigh sí a glúin.
Rith Beoga ar ais
chuig an teach ag tafann.
Chuala Mamaí é agus
tháinig sí i gcabhair ar Jenny.

'Is tusa mo chara is fearr,'
a d'inis Jenny dó
an tráthnóna sin.

Agus nuair a d'fhéach Beoga
isteach i súile Jenny
chonaic sí an grá
a bhí aige di.

Ach an lá ina dhiaidh sin
thochail Beoga poll mór
i lár an ghairdín.

Ansin bhris sé
na bláthanna móra.
Bhí an-bhrón
ar Mhamaí.

Nuair a tharraing Beoga
na héadaí den líne sa ghairdín
bhí Mamaí **ar buile**.
'Madra dána,'
a bhéic sí leis.

'Ní thuigim Beoga,' arsa Jenny.
'Cén fáth a bhfuil sé
chomh dána?'
'Níl sé ach óg,' arsa Mamaí.
'Éireoidh sé níos fearr!
Fan go bhfeicfidh tú!'

Ach níor éirigh.

D'éirigh sé níos dána.

Rith sé timpeall an tí
an t-am
ar fad.

Leag sé agus bhris sé cathaoir.

Agus d'ith sé gach aon rud
a chonaic sé.

'Beidh orainn é a thraenáil,'
arsa Mamaí le Jenny.

Mar sin, thug siad Beoga
go **Scoil na Madraí**.

Ach shiúil Beoga timpeall
ag bolú na madraí eile.

Ansin thosaigh sé
ag drannadh leis
na madraí eile.

Agus ansin
thosaigh sé
ag tafann le
púdal bán
catach.

Nuair a chonaic Beoga
labradór mór thosaigh sé
ag drannadh leis.

D'fhéach an labradór ar ais air
go feargach.

Thug an múinteoir na madraí
agus a gcuid úinéirí le chéile.
'Is madra **sona** é
an madra **béasach**,'
a d'inis sí dóibh.

Thóg sí iall Bheoga ina lámh.

'Siúil,' ar sise leis

ag tarraingt ar an iall.

Ach níor bhog Beoga.

'**Siúil**,' ar sise leis arís.

Ach níor bhog Beoga fós.

Tar éis tamaill fhada
shiúil Beoga in aice léi.
Bhí sé go maith – tamall.
Mhol sí é agus thug sí
cnámh bheag dó.
'Bain tusa triail as anois,'
ar sise le Jenny.

Ach nuair a d'fhéach Jenny
ar Bheoga, bhí a fhios aici
go mbeadh sé dána.

**Agus bhí. Bhí sé an-dána.**

Rith sé timpeall na háite!
Ansin tharraing sé an iall
amach as lámh Jenny
agus rith sé abhaile.

Thóg sé cúpla mí ar Bheoga
siúl mar is ceart.
Ach lá amháin d'éirigh leis.
**Shiúil sé i gceart.**

(Bhuel, nuair a bhí sé
ag Scoil na Madraí!)

Thug gach duine
bualadh bos mór dó.

'Is madra maith Beoga
faoi dheireadh,'
a dúirt Mamaí.
'Is **madra múinte** é anois,'
arsa Jenny.

Ach **ní raibh** sé múinte.
Nuair a d'fhéach siad
amach an fhuinneog
bhí sé ag tochailt
sa ghairdín arís.
Bhí Beoga **beoga** i gcónaí.

Thochail sé poill sa ghairdín.

Leag sé rudaí sa teach.

Thosaigh sé ag tafann
leis na cait.

D'ith sé bláthanna Mhamaí.

D'ith sé bréagáin Jenny agus
stróic sé a leabhair scoile.

**Bhí Beoga i dtrioblóid
i gcónaí.**

Ach ba le Jenny é
agus bhí grá mór aici dó.
'Is madra amaideach tú,'
arsa Jenny leis.

Agus bhí grá ag Beoga do Jenny
ina bhealach fiáin féin.

Cúpla lá roimh a seachtú
breithlá chuir Mamaí
ceist ar Jenny cad ba mhaith léi
mar bhronntanas.
'Ba bhreá liom **béar**,'
a d'fhreagair Jenny.

Ach ansin d'fhéach sí
ar Bheoga.

'Fad is nach **Fíor-Bhéar** é,'
arsa Jenny.